Nota para los padres y encargados:

Los libros de *Read-it! Readers* son para niños que se inician en el maravilloso camino de la lectura. Estos hermosos libros fomentan la adquisición de destrezas de lectura y el amor a los libros.

 El NIVEL MORADO presenta temas y objetos básicos con palabras de alta frecuencia y patrones de lenguaje sencillos.

 El NIVEL ROJO presenta temas conocidos con palabras comunes y oraciones de patrones repetitivos.

 El NIVEL AZUL presenta nuevas ideas con un vocabulario más amplio y una estructura gramatical más variada.

 El NIVEL AMARILLO presenta ideas más elevadas, un vocabulario extenso y una amplia variedad en la estructura de las oraciones.

 El NIVEL VERDE presenta ideas más complejas, un vocabulario más variado y estructuras del lenguaje más extensas.

 El NIVEL ANARANJADO presenta una amplia de ideas y conceptos con vocabulario más elevado y estructuras gramaticales complejas.

Al leerle un libro a su pequeño, hágalo con calma y pause a menudo para hablar acerca de las ilustraciones. Pídale que pase las páginas y que señale los dibujos y las palabras conocidas. No olvide volverle a leer los cuentos o las partes de los cuentos que más le gusten.

No hay una forma correcta o incorrecta de compartir un libro con los niños. Saque el tiempo para leer con su niña o niño y transmítale así el legado de la lectura.

Adria F. Klein, Ph.D.
Profesora emérita, California State University
San Bernardino, California

Managing Editors: Bob Temple, Catherine Neitge
Creative Director: Terri Foley
Editor: Jerry Ruff
Editorial Adviser: Mary Lindeen
Designer: Melissa Kes
Page production: Picture Window Books
The illustrations in this book were created digitally.
Translation and page production: Spanish Educational Publishing, Ltd.
Spanish project management: Jennifer Gillis/Haw River Editorial

Picture Window Books
5115 Excelsior Boulevard
Suite 232
Minneapolis, MN 55416
877-845-8392
www.picturewindowbooks.com

Printed in the United States of America.

Library of Congress Cataloging-in-Publication Data
Blair, Eric.
[Puss in Boots. Spanish]
El gato con botas : versión del cuento de los hermanos Grimm / por Eric Blair ;
ilustrado por Todd Ouren ; traducción, Patricia Abello.
p. cm. — (Read-it! readers)
Summary: An easy-to-read retelling of the tale of a clever cat who wins a fortune
and the hand of a princess for his master.
ISBN 1-4048-1635-6 (hard cover)
[1. Fairy tales. 2. Folklore. 3. Spanish language materials.] I. Grimm, Jacob,
1785-1863. II. Grimm, Wilhelm, 1786-1859. III. Ouren, Todd, ill.
IV. Abello, Patricia. V. Puss in Boots. VI. Title. VII. Series.

PZ74.B427 2005
398.2—dc22
[E]   2005023178

El gato con botas

Versión del cuento de los hermanos Grimm

por Eric Blair
ilustrado por Todd Ouren
Traducción: Patricia Abello

Con agradecimientos especiales a nuestras asesoras:

Adria F. Klein, Ph.D.
Profesora emérita, California State University
San Bernardino, California

Kathy Baxter, M.A.
Ex Coordinadora de Servicios Infantiles
Anoka County (Minnesota) Library

Susan Kesselring, M.A.
Alfabetizadora
Rosemount-Apple Valley-Eagan (Minnesota) School District

PICTURE WINDOW BOOKS
Minneapolis, Minnesota

Había una vez un molinero que tenía tres hijos.

Cuando el molinero murió, tan sólo les dejó a sus hijos un molino, un asno y un gato.

El hijo mayor se quedó con el molino.

El segundo se quedó con el asno.

Al hijo menor le tocó el gato.

El hijo menor estaba triste.

—Mis hermanos pueden trabajar juntos. Pero, ¿qué haré yo? —dijo—. Voy a morirme de hambre.

Para sorpresa del joven, el gato le
habló. —No estés triste. Tener un
gato es mejor de lo que tú crees.
Consígueme un bolso y un par de
botas, y verás lo que
haré por ti.

El hombre sabía que el gato era bueno para atrapar ratones, así que le creyó. Hizo lo que el gato pedía. El gato se puso las botas y se colgó el bolso al hombro.

El gato fue a la casa de un conejo.
Abrió el bolso y le puso un poco de
salvado adentro. Después se quedó
muy quieto.

Al poco rato llegó el conejo. Quería ver qué tenía el bolso. Tan pronto como el tonto conejo se metió al bolso, el gato lo cerró de un golpe.

El gato llevó el bolso con el conejo al palacio del rey. —Tengo un obsequio para su Majestad —les dijo a los guardias. El gato entró a la sala real y le entregó el conejo al rey.

—Majestad, el marqués de Carabás
me pidió que le trajera este conejo
—dijo el gato. El rey estaba contento.
Pero el marqués de Carabás no
existía. Era un nombre inventado.

Después, el gato atrapó unos pájaros. Fue al palacio y le entregó los pájaros al rey.

El rey estaba tan contento que ordenó que llevaran al gato a la cocina y le dieran de comer.

Un día, el gato sabía que el rey pasaría en un carruaje con su hija cerca del río. —Haz lo que te diga —le dijo el gato al hijo del molinero—. Ve a nadar al río y tu suerte cambiará.

Cuando el rey y su hija pasaron,
el gato gritó: —¡Socorro! Mi señor,
el marqués de Carabás, se ahoga.
El rey mandó a sus guardias a
salvar al marqués.

Mientras los guardias sacaban al marqués del río, el gato le contó al rey que unos ladrones se llevaron las ropas de su amo cuando nadaba. El rey ordenó a sus guardias llevar un fino traje para el marqués.

El hijo del molinero se puso el traje.
Era tan guapo que la hija del rey
le pidió a su padre que fuera con
ellos en el carruaje.

19

El gato iba adelante. Al llegar donde estaban unos campesinos, dijo:

—Buena gente, aquí viene el rey. Si no le dicen que estas tierras son del marqués de Carabás, ¡los matarán!

—¿De quién son estas tierras? —preguntó el rey al pasar por ahí. Los campesinos contestaron con miedo: —Del marqués de Carabás.

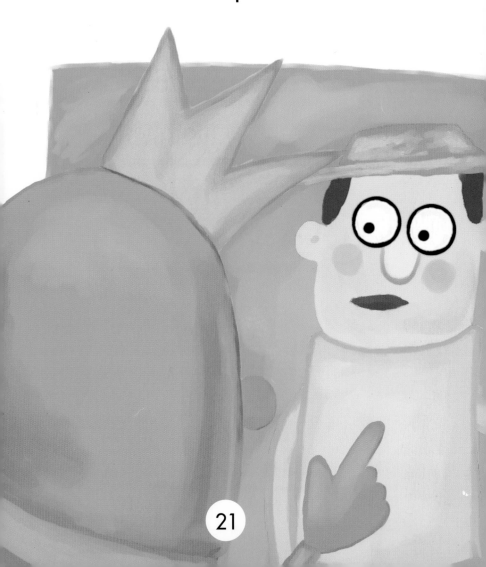

En el siguiente campo, unos hombres cultivaban trigo. —El rey está por llegar —dijo el gato—. Si no le dicen que estos campos son del marqués, ¡los volverán picadillo! El rey quedó convencido de que esas tierras eran del marqués.

Por último, el gato llegó a un castillo de un ogro que era dueño de todas las tierras por donde pasó el rey. El gato les dijo a los sirvientes que quería conocer al ogro. Lo dejaron entrar.

—La gente inventa cosas de ti —le dijo el gato al ogro—. Dicen que te puedes convertir en cualquier animal que quieras.

—Es verdad —dijo el ogro. Y se convirtió en león.

—Pero dicen que hasta te puedes convertir en ratón —dijo el gato—. Seguro que eso sí es imposible.

—¿Imposible? ¡Deja y verás!
—exclamó el ogro. Tan pronto como
el ogro se convirtió en ratón, el gato
le saltó encima y se lo comió.

Al poco rato, el carruaje del rey llegó al castillo. El gato saludó al rey. —Bienvenido al castillo de mi señor, el marqués de Carabás. —¿Esto también es del marqués? —preguntó el rey.

El hijo del molinero llevó al rey y su hija al interior del castillo. Al llegar al comedor, vieron mesas con deliciosos platillos. Se dieron un gran festín.

Tanto el rey como la princesa
estaban encantados con el marqués.
Al fin, el rey dijo: —Marqués, me
complacería mucho que fuera
mi yerno.

El hijo del molinero miró a la bella princesa y aceptó. Se casaron ese mismo día y vivieron felices para siempre.

El gato también llegó a ser un gran señor. No volvió a perseguir ratones, sino por diversión.

Más *Read-it! Readers*

Con ilustraciones vívidas y cuentos divertidos da gusto practicar la lectura. Busca más libros a tu nivel.

CUENTOS DE HADAS Y FÁBULAS

¿Buscas un título o un nivel específico? La lista completa de *Read-it! Readers* está en nuestro Web site:
www.picturewindowbooks.com